세월을 중얼대다

정산珵山 **이 헌**李 憲

전남 나주에서 태어났다. 숭실대학교 노사관계대학원, 서울산업대학교에서 수학했으며 고용노동부에서 30여 년을 봉직했다.
2014년 《한국작가》(수필), 2015년 《시조사랑》(시조)으로 등단했다.
한국문인협회, 한국시조협회, 관악문인협회 회원으로 활동하고 있다.
시조집 『바람의 길을 가다』 『동산에 달 오르면』 『어머니의 빈집』 『세월을 중얼대다』, 문집 『하늘집 사랑채』(김창운 공저)를 출간했다.
honeyboy2@hanmail.net

세월을 중얼대다

—

초판 1쇄 2020년 9월 3일
지은이 이 헌
펴낸이 김영재
펴낸곳 책만드는집

—

주소 서울 마포구 양화로3길 99, 4층(04022)
전화 3142-1585·6
팩스 336-8908
전자우편 chaekjip@naver.com
출판등록 1994년 1월 13일 제10-927호

—

ISBN 978-89-7944-738-5 (04810)
ISBN 978-89-7944-354-7 (세트)

책만드는집 시인선 155

세월을 중얼대다

이헌 시조집

책만드는집

| 시인의 말 |

한 권의 책을 묶어내는 큰 보람에 작은 수고쯤은 그냥 덮어두어도 될 일이다. 언제나 그렇듯 부족한 글을 내보인다는 쑥스러움에 망설이다 조금 욕심을 내었다. 절제된 정형의 틀 속에 내 생각을 오롯이 담아보려고 밤잠도 설쳤다. 그러나 많이 부족하다. 아직도 갈 길이 멀기에 늘어진 마음을 다잡는다. 할 말도, 할 일도 조금은 남아있을 것이라는 생각에 정형의 아름다운 길, 그 길에 다시 선다.

여물지 못한 나의 글에 격려와 용기를 주신 유성호 교수님께 깊은 감사의 말씀을 드린다.

—2020년 한여름

이 헌

| 차례 |

2부 세월을 중얼대다

3부 기대고 살기

4부 스쳐 지났다

1부

어머니의 동백

차를 끓이며

바람이
들썽대는
뼈마디 시린 아침

찻물을
올려놓고
마음도 함께 끓이며

잊는 듯
잊고 살았던
그날을 생각합니다.

봄이다

풋풋한
햇살들이
자르르 윤기 돌고

바람의
채근으로
마른 가지 눈을 뜨면

겨울을
걸어 나오는
그대 이름 봄이여!

산사에서

때 묻은
사연들을
깨끗이 닦고 닦아

밤하늘
잔별처럼
점점이 찍어놓고

고요를
층층이 얹어
무영탑을 품었다.

그 강, 영산강

–석관정石串亭*에 올라

흐르다 해찰하며 쉬어 가는 그 강, 영산강
한 서린 세월 품은 돌곶이는 말이 없고
강물은
무심히, 무심한 듯
제 길을 가고 있다.

노을이 내려앉은 자잘한 물비늘을
바람이 비질하여 주름을 곱게 펴면
찌 없는
낚시 드리워
전설을 건져낸다.

* 영산강 변 돌곶이에 자리한 풍광이 수려한 정자.

들풀

있는 멋
없는 멋에
분단장 곱게 하고

임의 손길
기다리는
이 땅의 주인들이

봄날을
베고 누웠다
나를 안아주세요.

소나무

관악산
둘레길에
등 굽은 소나무 있다

몸이야
삭았어도
바람에 잎 벼리며

바위틈
뿌리 내리고
한 세월 견뎠느니.

어머니의 동백

늘어진
그림자를
땅거미가 물고 가도

빈집엔
예전처럼
동백꽃 혼자 붉다

어머니
다사로운 숨결
아직 남아있는지.

그해 여름

사는 게 버거워서 어깨 축 처진 날도
삭정이 다 쳐내고 새 움을 기다리며
남겨둔
종장 한 구절
가슴에 품고 산다.

호수는 반반한데 아픔은 출렁대고
마음을 비우는 일 급할 것 없다마는
속으로
많이 울었다
감또개 뚝뚝 진다.

지하철 연가

넥타이
당겨 매고
허리띠 졸라매고

시루에
갇혀있던
구겨진
젊음들이

강남역,
문이 열리면
밥줄 찾아 내달린다.

유튜브

퇴근길
공원에 들러
바람에 귀를 씻는다

아수라
세상에서
억지로 주워들은

했단다
그랬다더라
밑도 끝도 없는 말, 말.

문득

해어진
옷이야
바늘로 깁는다지만

가슴에
구멍 나면
무엇으로 때울까?

그 사람
실없는 소리에
문득 하늘을 본다.

구순의 장모님

단풍잎 빛 바래는 십이월 초하룻날
겨울비 시샘에도 행복을 실어 나르는
유달산
케이블카는
고하도高下島로 내려가고.

소풍 온 학생 같은 구순의 장모님께
첫째 딸, 셋째, 넷째 손 모아 비는 마음
건강히
오래 계시소서
햇살로 벙근 미소.

고드름

꼿꼿해,
서슬 푸른
지엄한 말씀 같고

형형한
눈빛들은
지배紙背를 철徹하였다

거꾸로
매달려서 본 세상
무엇을 보았을까?

어떤 귀가

사는 게
죽기보다
힘들다는 세상에서

셔터를
내리듯이
두 눈을 꽉 감았다

어둠이
고개 숙이고
골목길 들어선다.

사월은 아프다

봄비가
닦아내도
사월은 죄스럽다

보듬어야 할
사람을
보듬지도 못했는데

어디다
눈물 뿌리랴
봄 꿩이 귀청 찢는다.

아내

좋은 일 궂은일을 주름으로 새겨가며
스물셋 어린 신부는 할머니가 되었다
남은 날
몸이나 편했으면
단 하나 바람이다.

여려도 다부지고 눈물도 많은 사람
모진 날 견뎌내던 두 무릎 성치 않아도
에미야!
너는 종부다
그 말씀 새기며 산다.

잡념

우리를
하늘 없고
내려 볼 땅도 없고

구겨진
마음 펴줄
바람 한 줄 없는데

머릿속
온통 뒤집는
수식어만 널렸다.

눈雪 없다

올겨울
눈 귀하다
눈다운 눈 한 번 없다

싸락눈
진눈깨비
함박눈 송이송이

여태껏
한눈만 팔았으니
춘설이 분분하려나?

나목

슬픔을
다 짜내고
눈물도 비워내면

나무는
뼈만 남아
쇳소리로 울어대고

가슴도
텅텅 비었다
통장에 잔고 없다.

잿빛 초상肖像

빛바랜 사진 한 장 가슴에 묻어두고
까마득 지난날을 되작되작 들춰보는
저물녘,
아득한 저 지평
또 하루가 드러눕고.

객기로 넘쳐나던 도시의 뒷골목은
부서진 아픔들이 재활용을 기다리고
아무도
붙잡지 않는
세월만 서성댄다.

겨운 날

하루를
둘러멨던
두 어깨 힘에 겹고

달빛도
그림자도
시장기 든 어둔 골목

애꾸눈
가로등 따라
하늘계단 오른다.

같이 살자

그리워
못 보내고
못 잊어 더 못 보내면

언젠가
너를 위해
가슴 한편 비워두고

절 하나
들어앉힐까?
자그만 새집 같은.

골다공증

오래된
나무 의자
삐걱대는 소리 난다

진액이
빠져나간
내 몸도 마찬가지다

고단한
한생이 지고 있다
바람 빠진 풍선처럼.

세모歲暮

세월이 삭아 내려 돌담에 이끼로 앉고
나무는 부대끼며 나이테를 늘려간다
뜬생각
부리고 나면
마음이나 가벼울까?

툇마루 내린 고요 어둠 층층 쌓이고
잎 털린 먹감나무 달빛이 걸려있는
항아리
텅 빈 속 같은 날
그대 있어 견디었네.

2부

세월을 중얼대다

봄길 걸으며

소리만
남겨두고
바람이 지난 길섶

햇살을
당겨 와서
꽃 한 송이 피워냈다

봄날은
한 뼘 더 길어지고
새소리는 덤이다.

덩굴장미

아파트
블록 담을
벌겋게 물들이고

호벅진
덩굴장미
오월을 불 질렀다

뉘라서
저 불을 끌까
가시를 품고 산다.

동백꽃

꽃이
질라치면
동백꽃처럼 져야제

돌아도
보지 않고
그대로 직선으로

절정은
정녕 황홀했다
눈雪 위에서 두 번 핀다.

들꽃 이야기

흙먼지 폴폴 이는 구부러진 오솔길에
바람에 얼굴 씻은 동그란 소녀 같은
이름도
성도 모르는
들꽃이 숨어있다.

화사한 오월 햇살 어지럼 이는 날에
상처를 보듬고서 저 혼자 피는 꽃은
시골길
아낙네 같은
들꽃이 아닐까요.

각진 세상

거슬러
오르지도
주저앉을 수도 없어

다물고
부릅떠도
상처는 덧이 나고

혼자선
견딜 수 없다
북을 치듯 가슴 친다.

공친 날

오라는 곳
없는 날은
하루가 그리 길어

젖은 몸
묵은 맘을
말리고 털지 못해

방문을
걸어 잠갔다
내일이 없다, 없다.

그런 글

희붐한
안개 벗고
마음을 가다듬고

떠나야
글이 되는
그런 글 쓰고 싶다

그날이
언제일는지
하루를 또 빚졌다.

구직 일기

날마다 불안으로 끼니를 대신하며
누군가 불러줄까 눈이 먼 기다림에
찌든 몸
시래기처럼
처지고 늘어졌다.

할 말도 다 못 하고 온몸으로 부딪치며
헛발질만 해대면서 제풀에 주저앉는
실직자,
언제쯤 떼낼까?
꼬리표가 무겁다.

고孤

바람의
기척으로
고요가 들춰지고

봉창에
달빛 들어
그리움 물꼬 트는

깊어도
잠들 수 없는 밤
가랑잎이 툭 진다.

그곳에 가고 싶다

이야기
새끼 치는
신작로 돌아들면

실개천
미루나무
까치 소리 걸려있고

보리밭
이랑 사이로
바람이 굴러간다.

독거노인

남 보기
멀쩡해도
기대설 언덕 없어

잊히고
잊고 살며
혼밥에 혼술하고

빗소리
장단 맞추며
하루를 토막 친다.

늪에 빠지다

온밤을 뒤척이는 실직은 늘 아프고
냉기를 뿜어대는 벼랑은 무서웠다
꽉 막힌
세상의 문을
열 수는 있으려나.

시간은 허둥대며 오후를 건너가고
그림자 끌고 가는 발걸음 무거워도
삽바를
놓을 수 없다
오금 저린 날이다.

꽃샘추위

오해가
덜 풀렸나
열었다 다시 닫고

풀꽃이
눈을 떠도
시치미를 뚝 떼는

바람의
거친 숨소리
시어미 잔소리 같은.

나 그리고 우리

남의 얘기
들어줄
귀는 자꾸 멀어지고

살펴보고
담고 갈
눈도 점점 어두운 걸

이제야
깨달았으니
그나마 다행인가?

나이테

둥글게
둘러앉은
아스란 기억들을

세월이
돌돌 말아
끈으로 이어놓은

나이테,
내 운명선이다
삐뚤빼뚤 살아온.

미안하다

햇귀가 날 세우고 가시처럼 찔러대도
생각이 무뎌지는 나른한 유월 오후
꼬인 삶
어떻게 풀까
사방이 꽉 막혔다.

마음이 심란하니 가슴도 냉골이고
시름은 쌓여가도 헐어낼 수 없는 날
세월의
식은땀인가
가랑비가 내린다.

미망迷妄

안개에
미세먼지
구급차 비명 소리

백내장
흐린 눈으로
바라본 세상에서

할 말도
들었던 말도
생각나지 않더이다.

고향 가는 길

찔레꽃
넌출 위에
하얀 미소 춤을 추고

유채밭
노랑나비
꽃일까 나비일까

늘어진
햇살 한 움큼
풀꽃 위에 누웠다.

세월을 중얼대다

아파도
울 수 없어
시름만 되작이고

불안을
달고 살아
오갈 데 없는 날을

잊는 게
그리 쉬운가?
세월을 중얼대다.

가을 실루엣

갈바람 살랑대는 조붓한 오솔길에
세월이 주저앉아 넋두리 풀어 넌다
사는 게
다 그렇지요
들꽃 홀로 붉어라.

보름을 살찌운 달 산허리 올라서면
눈 감고 귀를 열어 가을 소리 주워 담고
아픔을
잘게 쪼갠다
호롱불을 밝힌다.

까만 밤

갯벌이
숨구멍을
열었다 다시 닫고

묻어둔
기억들이
오롯이 살아나도

아무도
모를 일이다
산들이 낮아졌다.

낙엽의 소회

한때는
높은 데서
살랑대고 살았거늘

이제는
바람 타고
낮은 데로 내려서서

시름을
다 털어내고
제 길을 가렵니다.

노파심

오래된
얼룩이야
닦아내도 되련마는

나 이제
나이 들어
틀 속에 갇혀 산다

지우고
떼낼 수 없는
근심은 몇 근일까?

겨울 공원

거느린 식솔이야 잎새 몇 잎뿐이지만
바람에 뼈 발리며 세월 깁는 느티나무
한겨울
보라매공원
초록 꿈이 숨어있다.

칼바람 빈 가지에 온종일 매달려도
언 땅이 몸을 풀고 눈芽 뜰 날 기다리며
속 깊이
묻어둔 불씨
여미고 또 여민다.

3부

기대고 살기

봄비

마음은
다사롭고
손길도 촉촉하고

새 움의
기지개에
바람도 멈춰 섰다

저물녘
실 같은 봄비
하늘땅 잇고 있다.

꿈에 본 고향

곱사등
고개 너머
웅크린 오두막집

꽃들이
엉켜 살고
바람도 쉬어 가는

마음속
비워둔 텃밭
달빛 내려 환하다.

동행

깨지고
넘어져도
서로를 때워주는

너와 나는
우리다
눈빛만 봐도 안다

하루에
하루를 더하며
탑 하나를 쌓는다.

봄을 읽다

옴팡진 꿈을 꾸는 어둑 밤 달 없는 밤
한 줄기 긴 꼬리별 빈 하늘 빗금 치고
바람은
어슬렁대며
봄밤을 들춰본다.

사나흘 머물다 간 불청객 꽃샘추위
봄바람 출렁대면 마음도 울렁이고
묵은내
털어낸 봄날
실눈을 크게 뜬다.

기대고 살기

마음이
울적하면
가슴도 먹먹하고

유채꽃
낭창해도
봄을 앓는 그런 날은

외발로
설 수가 없다
버팀목을 세운다.

시골집 까만 밤

TV가
고장 났다
라디오는 애초 없고

시골집
겨울밤은
길고 긴 터널이다

까만 밤
별을 헤아리며
글 한 줄 챙겨 든다.

찔레야, 달래야!

찔레 순
따 먹으며
입맛 조금 다셔봐도

빼꾸기만
울어쌓는
긴 봄날은 배고프다

순백의
찔레야, 달래야!
아른대는 시절아.

산다는 것

오갈 데 없는 날은 막막해 눈을 감고
기댈 곳 하나 없어 할 말도 참아냈다
누구나
상처 하나쯤
끌어안고 사느니.

바람이 구름 밀어 겨울 하늘 더 시리고
가진 것 다 내줘도 아픔은 그대로다
빈 가슴
뭣으로 채울까
하루가 그리 갔다.

삶, 그 언저리

어둡고
축축한 곳
내가 나를 가둬놓고

그립고
안타까워
잠 못 이룬 밤 많았지

허물고
다시 또 쌓고
깨진 꿈을 줍는다.

삼월

바람이
내려놓은
봄빛을 주워 들고

게으른
눈 비비며
아슴히 눕는 봄날

신작로
거친 풀섶에
삐죽이는 입을 본다.

어머니

그 이름,
그 모습을
누군들 잊으랴만

아리게
품에 안고
그리울 때 꺼내보는

당신은
흑백사진입니다
은은한 달빛 같은.

너무 늦었다

오늘도 하릴없고 기다림 허망한데
우중충 하늘빛은 서둘러 까매진다
이제는
눈 감고 귀 닫고
그리 그냥 살란다.

잊어야 할 세상일은 되레 더 또렷하고
그림자 눌러앉은 하루가 너무 길다
언제쯤
글다운 글 한 줄
남길 수 있을는지.

서울살이

저물녘
시장기에
비집고 든 포장마차

하루를
되짚으며
빈속을 달래보는

사내들
한숨 소리에
술병들이 쓰러진다.

세상이 가라사대

셔터를
내리듯이
눈꺼풀 눌러 덮고

어둠에
들어서니
세상이 가라사대

눈 뜨곤
차마 볼 수 없으니
눈 감고 살라신다.

내일

언제나
서툴러서
헛발질만 해대더니

한마디
말 못 하고
얼마나 아팠을까

이 하루
살아냈으니
당겨 올 내일 있다.

동지冬至

산까치 쉬었다 간 감나무 우듬지에
바람은 반쯤 남은 홍시의 뼈 바르고
감아도
훤히 보이는
저녁노을 뒷덜미.

싸락눈 기척하며 댓잎에 사각대면
삭정이 툭 꺾이고 마음도 허허하고
한 해를
되짚어 가며
발자국을 덮는다.

실직자 이 씨

살다가,
살다 보면
설움이 복받치고

할 말을
눌러 담아
가슴이 미어지는

인생은
국밥 같은 것
하루가 절며 갔다.

아우에게

국화꽃
향기 실어
너 보낸 지 벌써 삼 년

그립고
보고파서
햇살 한 줌 안고 왔다

멈춰 선
세월 앞에서
소년이 웃고 있다.

상처 싸매기

묻어둔
기다림이
뭉텅뭉텅 잘려 나가

눈물이
보타져도*
눈썹 같은 달은 뜨고

새벽은
아직 멀었다
상처를 보듬는다.

* 보타다 : '마르다'의 전라도 방언.

가을, 국화 그리고

삼동三冬을 숨죽이고 삼복三伏을 견뎌내며
오늘을 기다렸다 서리꽃 말간 아침
설움 괸
가슴을 열고
시린 마음 다독인다.

그리움 한 뭉텅이 꽃으로 피워내면
바람은 체를 쳐서 향기만 걸러내고
찻잔에
국화 한 송이
가을을 우려낸다.

가을밤

실금 난
보름달이
우듬지에 걸려있다

세상에
허물 없는
사람이 어디 있으랴

뼈마디
욱신대는 밤
아픔을 주무른다.

오후 세시

오래된
습관인가
웃음이 어색해도

소소한
일상들을
시 한 수로 그려내는

그 사람,
가슴 따뜻하다
정물 같은 오후 세시.

외면

뽑아진
못 자국에
마음이 글썽이고

매듭진
세월 한편
안타깝고 서러워도

손 닿지
않을 만큼만
빗더서고 싶네요.

겨울 풍경

한 해를 더듬대던 그믐밤 어둠 열면
구름이 내려앉은 눈 살짝 내린 아침
관악산
봉우리마다
붉은 햇살 널렸다.

흰머리 쥐어뜯긴 억새의 목쉰 울음
바람에 벼린 날이 하늘길 새로 열고
부러져
뭉툭한 가지
느낌표를 매단다.

4부

스쳐 지났다

봄바람

잊고 산
시간들이
꽃으로 피어나고

구름이
손님처럼
마당을 지나가면

봄바람
향기 한입 물고
바람나서 달아났다.

적寂

썰물에
몸을 싣고
길 나선 작은 물살

밀물로
돌아와서
몽돌을 깨워내도

달빛은
고물에 앉아
일어설 줄 모른다.

늦기 전에

잊고 산
세월들이
아쉽기는 하다마는

더더욱
서러운 건
시나브로 잊히는 것

아직도
늦지 않았다
가슴 열어젖힌다.

사월의 내 고향

달빛이 곱게 내려 배꽃이 눈을 뜨고
바람에 고름 풀어 속살을 내보입니다
감아도
환히 보이는
사월의 내 고향은.

고향을 찾는 날은 언제나 설렙니다
민들레 꽃길 따라 황토재 넘어서면
천지가
배꽃입니다
사태沙汰가 났습니다.

작은 바람

애년艾年까지
버둥대다
이순耳順에 귀를 씻고

종심從心에
이르러서
마음을 내려놨다

남은 날
여與하고 유裕하게
살아내고 싶어라.

스쳐 지났다

젊은 날
푸른 꿈을
지키지도 못했는데

강산이
변하기를
일곱 번도 더 했던가?

굴렁쇠
굴리며 갑니다
빈손 쥐고 갑니다.

습작

살얼음
갈라지듯
하루가 금이 가도

허구한 날
헛꿈 꾸며
가슴만 콩닥대다

부대껴
가벼운 몸피
파지로 남습니다.

심란하다

감으면 볼 수 없고 돌아서면 잊겠지만
혼자서 견딘 세월 덧없다 하지 마라
외다리
버티고 선 하루
잔기침만 매달린다.

자잘한 마음들이 시름으로 엉겨 붙고
예보도 없었는데 진눈깨비 느닷없다
어물쩍
하루가 가도
탓하지 말 일이다.

낙조落照

보내야
할 편지는
쓰지도 못했는데

오늘도
종일토록
허덕이며 견뎌냈다

해진 삶
가장자리에
노을이 앉아있다.

번민

메마른
마음밭은
언제나 가난한데

밑동을
잘라내도
꽃발* 딛고 일어서는

그리움
그 끝은 어딘가?
썰물의 시간이다.

* '까치발'의 전라도 방언.

고장 난 손재봉틀

비워둔 집
구석방에
웅크리고 앉아있는

어머니
삶이었던
고장 난 손재봉틀

달달달
허기진 소리
눈물이요 한이었다.

소외疏外, 소회素懷

어둠을 받아 들고 사랑에 불 밝히면
하루를 갉아내는 벽시계 초침 소리
고단함
달고 살아가는
생은 늘 막막했다.

잊고 산 세월에도 귀밑머리 하얘지고
세상사 가파른 길 쉬엄쉬엄 오르다가
때로는
비켜도 서고
샛길로도 들어섰다.

정

그 마음,
그리움 가만 감춘
그 마음을

그 아픔,
속 깊이 묻어놓은
그 아픔을

어찌 다
말로 할 수 있을까?
별도 달도 없는 밤.

일몰

말로도
다 못 하고
글 한 줄 못 전하고

묻어둔
속마음을
내보이지 못했는데

까치놀
불 밝힌 저 수평
또 하루가 잠긴다.

잠꼬대

사나흘
비가 오면
잠이나 실컷 자고

석 달 열흘
바람 불면
동안거에 들어볼까

TV가
혼자서 운다
잠꼬대를 하나 보다.

바람도 날이 섰다

어둠을 쓸어내도 어둠 도로 물든 세상
알고도 모르는 체 그리 살면 되는 것을
잠 한숨
이루지 못하고
애먼 속만 끓였다.

아프면 참아내고 그리울 땐 접어가며
여물지 못할 꿈을 꼬부리고 또 꼬부린
그 마음
알기나 할까
바람도 날이 섰다.

징검다리

가랑이
반쯤 걷고
양손에 신발 쥐고

그리움
아슴아슴
내 유년을 건너보낸

징검돌,
세월을 안고
제 터를 지켜낸다.

친구여!

견디며
살아내는
하루가 빠듯해도

세월을
조리질해
시 한 수 건져내며

친구여!
완행열차 타고
쉬엄쉬엄 가세나.

포장마차

자동차
쏟아지는
시장기 도는 퇴근길에

늘어선
포장마차
불빛이 춤을 춘다

술 한 잔
탁 털어 넣고
차가운 속 덥혀볼까?

가을에 들다

비 갠 뒤 가슬가슬 갈바람 불어오면
시 한 줄 품어보려 가슴을 비워두고
가을을
주워 들었다
한지 창에 달빛 든다.

힘겨운 삶의 무게 부리지도 못했는데
가을물 깊게 들어 신열이 도지는 밤
찬 이슬
내려앉았다
바람이 낙엽 쓴다.

일상

두 주먹
불끈 쥐고
마른침 삼켜가며

비틀린
세상에서
비틀비틀 견뎌내는

모질지
못한 사람들이
모질게 살아간다.

가슴앓이

상처가
너무 깊어
나누고 덜 수 없다

모두가
내 몫인걸
누구를 탓할거나

옥죄는
마음의 빚도
내려놓지 못했다.

겨울로 가는 길

잘라낸
세월 마디
다시 잇지 못했는데

해진 맘
물들이는
은행잎 노란 가을

잔등을
넘어온 바람
입김 서려 하얗다.

종장終章

소매 끝 실밥 떼듯 한 해를 털어내고
시린 손 비벼가며 빈 가슴 군불 땐다
무엇을
더 바랄쏜가?
세상일 잊고 산다.

초록의 아우성도 낙엽의 이별시詩도
다 거둔 겨울 산은 안식에 들었는데
까치밥
두엇 매달린
우듬지 볼이 붉다.

| 해설 |

오랜 시간 속에서 발견해 가는 존재론적 뿌리

유성호 문학평론가 · 한양대학교 국문과 교수

1. 여백과 함축의 길을 가능케 한 시적 역량

이헌 시인의 시조집 『세월을 중얼대다』는, 오랫동안 축적해 온 삶의 기억들을 섬세하게 추스르면서, 그 안에 남아있는 살가운 인연들에 대한 가없는 사랑과 그리움을 담은 고백의 기록이다. 그의 시조에는 전언傳言이나 이미지군群이 서로 충돌하거나 교차하기보다는, 간명한 전언이나 이미지가 강렬하게 독자의 마음을 사로잡는 경우가 훨씬 많다. 이헌 시인은 자신이 살아온 삶을 하나하나 뒤돌아보면서 순간순간의 기억을 구성해 주었던 사람과 시공간을 공들여 재구再構하고 있다. 이는 숨 가쁜 서사적 계기나 시간적 경과를 중시하는 태도가 아니라, 사물이나 내면의 순간을 포착하고 표현하는 데 공을 들이는 방향을 취한 결과일 것이다. 물론 이때의 '순간'이란 눈 깜짝하는 짧은 일회적 시간을 뜻하는 것이 아니라 오랜 시간이 그 안에 집약된 '충만한 현재형'의 함의를 지닌다고 보아야 한다. 이헌의 시조는 사물이나 내면의 오랜 시간이 반복되고 축적되어 있는 형식으로서의 미학적 '순간'을 깊이 품고 있기 때문이다.

물론 이헌의 시조에 서사적 인과율이나 시간의 흐름이 전혀 나타나지 않는 것은 아니다. 하지만 그것조차 풍경이나 내면으로 전이되어 산뜻하고도 단일한 삽화를 구성해 내는 경우가 훨씬 빈번하게 발견된다. 이때 풍경이나 내면은 '시조時調'라는 단형 양식이 취할 수 있는 오롯한 이미지를 통해 특유의 구체성을 얻는다. 이처럼 그의 시조에는 잔소리나 장광설이 전혀 없고, 서사나 이미지가 절제되어 있고, 단일한 형상을 입은 장면들이 선연하게 번져온다. 그리고 그렇게 단일한 이미지의 화폭이 여백과 함축의 길을 가능케 해주고 있는 것이다. 그만큼 그의 시적 역량은 순간적 충일함으로 존재하는 근원에 대한 탐구 의지를 완성해 가고 있는데, 짧은 정형 양식 안에 극도로 압축된 서정의 원리를 제시함으로써 이헌의 시조는 지나친 원심력으로 장황해진 자유시의 편향에 대해 반성적 사유를 수행하고 있는 셈이다. 이제 그 실제적 장면 안으로 한 걸음 들어가 보도록 하자.

2. 세상을 향한 넉넉하고도 긍정적인 ‘사랑’의 언어

먼저 우리는 이헌의 시조에서 세상을 향한 넉넉하고도 긍정적인 언어를 흰칠하게 만나볼 수 있다. 이헌 시인은 자신을 둘러싸고 있는 세상에 대한 강한 긍정을 보내고 있는데, 그만큼 그의 시조는 세상의 사물과 사람을 향해 던지는 ‘사랑’의 언어라고 할 수 있다. 이때 우리는 이헌 시조의 근원적이고 강렬한 에너지가 세상을 향한 긍정적 기억과 대상을 향한 가없는 사랑의 마음에 있다고 말할 수 있을 것이다. 더러 외롭고 쓸쓸한 목소리가 나타나는 경우가 있지만, 시인은 그러한 정서조차 불가피한 ‘사랑’의 언어로 바꾸어 자신의 존재 형식을 새삼 고백한다. 결국 이헌 시인에게 사랑의 마음이란 적막한 고독과 결핍 속에서 잉태되어 긍정적 기억 속에서 완성되는 둘도 없는 형질이 되어주는 것이다. 그 지극한 마음의 결을 만나보자.

바람이

들썽대는
뼈마디 시린 아침

찻물을
올려놓고
마음도 함께 끓이며

잊는 듯
잊고 살았던
그날을 생각합니다.
―「차를 끓이며」 전문

꼿꼿해,
서슬 푸른
지엄한 말씀 같고

형형한
눈빛들은
지배紙背를 철徹하였다

거꾸로

매달려서 본 세상
무엇을 보았을까?
–「고드름」 전문

차를 끓이며 느끼는 단상은 그 자체로 정갈하며 빼고 더할 게 전혀 없다. 시린 바람이 뼈마디까지 와 닿는 아침에 시인은 찻물을 올려놓고 마음도 함께 끓인다. 이때 "잊는 듯/ 잊고 살았던/ 그날"이 떠올라 오는 그 순간이야말로 지난날과 지금을 이어주는 '충만한 현재형'일 것이다. 시인은 '찻물=마음'의 등식을 통해 시린 아침을 녹이면서 시간의 흐름 위에 놓인 자신의 존재론을 사랑의 언어로 각인한다. 그런가 하면 '고드름'이라는 익숙한 자연 사물을 노래한 시편에서는 고드름처럼 "거꾸로/ 매달려서 본 세상"을 돌아보는 마음을 흔연하게 담고 있다. 꿋꿋하고 서슬 푸른 "지엄한 말씀"처럼, 형형한 눈빛으로 "지배를 철"했던 시간은 '고드름=화자'의 등식을 통해 시인으로 하여금 자신의 인생론을 표현하게끔 해준다. 일찍이 무애 양주동의 유명한 수필 「면학勉學의 서書」에 나오는 "안광眼光이 지배를 철함"이라는 구절을 인상 깊게 기억하던 터에 이헌 시인이 새삼 들려주는 그 날카롭고 형형한 눈빛이 반갑게 다가오는 순간이다. 두 편 모두 아름다운 존재론과 인생론을 노래함으로써 완결된 단시조 미학을 구현하고 있는 실례라 할 것이다. 이처럼 이헌 시인은 "세상사 가파른 길 쉬엄쉬엄 오르다가"(「소외疏外, 소회素懷」) 잠시 쉬면서 "남은 날/ 여與하고 유裕하게/ 살아"(「작은 바람」) 가고자 하는 소망을 긍정의 언어로 피력하고 있다. 다음은 어떠한가.

때 묻은
사연들을
깨끗이 닦고 닦아

밤하늘
잔별처럼
점점이 찍어놓고

고요를
층층이 얹어
무영탑을 품었다.
–「산사에서」 전문

이 또 한 편의 단시조는 마치 차를 고요하게 끓이듯, 고드름을 넉넉하게 응시하듯, 산사山寺에서 때 묻은 세속의 사연을 닦아내는 마음을 통해 세상을 향한 긍정적인 사랑의 언어를 들려주고 있다. 밤하늘 잔별처럼 세상 사연들을 찍어놓은 채 "고요를/ 층층이 얹어" 탑을 품은 마음이 단정하고 풍요로운 시인의 성정을 암시하는 듯하다. 그렇게 시인은 '차/고드름/산사'라는 원형의 소재나 공간을 통해 가장 보편적이고 심미적인 정신의 자세를 노래하고 있다. 사물 자체의 즉물적 묘사를 한껏 경계하면서, 그것을 내면과의 유추적 상관성으로 십분 연결하여 '시적인 것'을 발견해냄으로써 우리가 근원적으로 회복해야 할 어떤 가치를 노래하고 있는 것이다. 결국 이헌 시인은 우리 삶의 근원적 결핍을 성찰하고 치유하려는 마음으로 이러한 넉넉하고 궁극적이고 긍정적인 사랑의 음역音域을 선보이고 있는 셈이다. 융융하고 단정하며 은은한 파문을 전해주는 작품들이 아닐 수 없다.

3. 존재론적 기원을 환기하는 원체험

다음으로 이헌 시인이 집중적으로 목소리를 발하는 미학적 범주는 자신의 존재론적 기원origin에 관한 장면이나 사연들이다. 그 의식의 저류에는 스스로 겪어온 이른바

'원체험'이 담겨있는데, 무의식 안에 숨겨진 원체험은 시인이 선택하는 언어와 생각에 크나큰 영향을 끼치게 마련이다. 시인은 존재론적 기원을 환기하는 원체험을 부단히 찾아내고 변형하여 자신만의 동일성을 점진적으로 마련해 간다. 이때 원체험을 상상적으로 구축하는 데 시인의 남다른 기억이 활발하고 분명한 매개 역할을 하는 것은 퍽 자연스러운 일일 것이다. 원체험과 파생적 경험을 매개하는 기억은 그만의 호환할 수 없는 현저한 시적 자산이 되어준 셈이다. 그리고 그 원체험의 구체적 형상은 '고향'과 '어머니'로 등장하고 있다. 한번 소리 내어 읽어보자.

찔레꽃
넌출 위에
하얀 미소 춤을 추고

유채밭
노랑나비
꽃일까 나비일까

늘어진
햇살 한 움큼

풀꽃 위에 누웠다.
–「고향 가는 길」 전문

그 이름,
그 모습을
누군들 잊으랴만

아리게
품에 안고
그리울 때 꺼내보는

당신은
흑백사진입니다
은은한 달빛 같은.
–「어머니」 전문

고향은 '찔레꽃'과 '유채밭' 그리고 '햇살'과 '풀꽃'의 원형 심상으로 시인을 맞이한다. 그래서 '고향 가는 길'은 언제나 "하얀 미소 춤을 추"거나 "꽃일까 나비일까" 하는 아름다운 이미지가 중첩되는 풍경으로 직조되어 있다. 이처럼 고향은 누구에게나 귀소歸巢의 마음으로 자리 잡고 있는 "햇살 한 움큼"의 잔상殘像으로 다가온다. 그리고 그 잔상은 "그리움/ 아슴아슴/ 내 유년을 건너보낸"(「징검다리」) 공간과 함께 다가들고 있다. 그런가 하면 고향의 핵심 이미지인 '어머니'는 은은한 달빛처럼, 아리고 그리운 흑백사진처럼, 품에 간직한 아름다운 이름과 모습으로 남아 계신다. 모두 "세월이/ 돌돌 말아/ 끈으로 이어놓은"(「나이테」) 기억의 형상일 것이다. 이러한 시편들은 경험적 구체를 통해 유년 시절을 반추하기도 하고, 원초적 대상을 향한 한없는 그리움을 노래하기도 한다. 동시에 시인 자신의 존재론적 기원을 끊임없이 환기하면서 시인의 기억과 우리를 자연스럽게 만나게 해준다. 그리고 그 그리움의 대상은 원형적 상像이 녹아있는 모든 순간들로 하염없이 번져가기도 한다. 그러니 '기억'이란, "더더욱/ 서러운 건/ 시나브로 잊히는 것"(「늦기 전에」)이라는 고백에서도 보듯, '시인 이헌'을 가능케 하는 가장 역동적인 운동인 셈이다.

> 흐르다 해찰하며 쉬어 가는 그 강, 영산강
> 한 서린 세월 품은 돌곶이는 말이 없고
> 강물은
> 무심히, 무심한 듯
> 제 길을 가고 있다.

노을이 내려앉은 자잘한 물비늘을

바람이 비질하여 주름을 곱게 펴면

찌 없는

낚시 드리워

전설을 건져낸다.

–「그 강, 영산강 – 석관정石串亭에 올라」 전문

시인의 고향에 대한 기억을 관통하는 "그 강, 영산강"과 강변 돌곶이에 자리한 '석관정'은 모두 원형적 기억이 펼쳐져 있는 원초적 장소이다. 정자 근처에서는 영산강도 흐르다 해찰하며 쉬어 가는데, "한 서린 세월 품은 돌곶이"의 침묵처럼 강물은 말없이 흐를 뿐이다. "노을이 내려앉은 자잘한 물비늘"을 바람이 곱게 펼 때는 전설처럼 깊게 흐르는 시간이 펼쳐지기도 하는 것에서, 시인은 이러한 '침묵'과 '전설' 사이의 순간적 아득함을 회상하고 있다. 그 곁에는 "모질지/ 못한 사람들이/ 모질게 살아간"(「일상」) 역사와 함께 "아프면 참아내고 그리울 땐 접어가며"(「바람도 날이 섰다」) 견뎠던 시간이 농울치고 있는 것이다.

근원적으로 서정시는 지나온 시간에 대한 경험 형식으

로 쓰이고 읽힌다. 그래서 우리는 서정시와 시간이 서로의 원질原質임을 여러 번 확인하게 된다. 이헌의 시조 역시 지나온 시간에 대한 일관된 경험의 형식을 취하면서, 그 가운데서 회상의 언어를 개성적으로 들려준다. 훼손되지 않은 '고향'과 '유년'과 '어머니'에 대한 기억이야말로 그로 하여금 삶을 살아가게끔 하는 근원적 힘이 되어준 것이다. 이때 '고향'은 시인이 나고 자란 시간뿐만 아니라 가장 근원적인 존재론적 기억을 담은 궁극적 거소居所로 몸을 바꾸어간다. 따라서 고향은 공간이 아니라 시간이고, 가시적인 것이 아니라 비가시적인 기억을 품고 있는 존재의 태반이기도 하다. 그래서 시인이 가지는 오랜 회향懷鄕의 감각은 이번 시조집 곳곳에서 고향을 호명하고 각인한다는 점에서 매우 보편적인 서정시의 문법을 따르고 있다 할 것이다. 그리고 그 '고향'의 중심에 '어머니'가 눈물겨운 그리움으로 서계시는 셈이다. 모두 이헌 시인 나름의 존재론적 기원에 대한 미학적 등가물들이고 오랜 시간 속에서 발견해 가는 존재론적 뿌리일 것이다.

4. 존재론적 거소이자 생의 상징적 축도縮圖

이헌 시인은 '고향'이나 '어머니'를 통해 가장 깊은 기억의 뿌리이자 지나온 시간을 직접적으로 거슬러 오를 수 있는 일차적이고 구체적인 실재를 찾아간다. 이때 시간을 거슬러 오르는 '기억'이란 단순하게 과거를 복원하는 행위가 아니라 지나온 시간을 원초적 경험의 형식으로 바꾸면서 그것을 현재의 삶과 연루시키는 행위이다. 시인은 그러한 기억을 통해 자신의 존재론적 기원을 상상하고 노래하는 데 매진한다. 고향이나 가족을 자신의 존재론적 거소이자 생의 상징적 축도로 상정해 간다. 그리고 그 기원의 변형 과정에서 평생 반려자인 '아내'의 형상도 나타나고 있다.

좋은 일 궂은일을 주름으로 새겨가며
스물셋 어린 신부는 할머니가 되었다
남은 날
몸이나 편했으면
단 하나 바람이다.

여려도 다부지고 눈물도 많은 사람
모진 날 견뎌내던 두 무릎 성치 않아도
에미야!
너는 종부다

그 말씀 새기며 산다.

–「아내」 전문

시인의 아내는 "스물셋 어린 신부" 때부터 "좋은 일 궂은일을 주름으로 새겨가며" 살아 이제는 '할머니'가 되었다. 그렇게 노경老境에 이르러 "몸이나 편했으면/ 단 하나 바람"만을 소박하게 가진 아내를 두고 시인은 "여려도 다부지고 눈물도 많은 사람"이라고 표현하고 있다. 이때 '주름'과 '눈물'은 아내의 삶을 감싸고 있는 이면의 시간을 암시한다. "모진 날 견뎌내던" 시간 가운데서도 아내는 "에미야!/ 너는 종부다/ 그 말씀"을 새기면서 살아왔는데, 그 갈피갈피에서 시인은 어쩌면 "겨울을/ 걸어 나오는/ 그대 이름 봄"(「봄이다」)을 환하게 바라보았는지도 모른다. 이러한 발화는 아내에 대한 짙은 애착과 연민을 노래한 것인 동시에 시인 자신의 삶을 이루는 깊은 수원水源도 아내로부터 발원한다는 것을 고백하는 순간을 담고 있다. 아내를 통해 바라본 생의 지극한 '주름'과 '눈물' 사이로 시인은 '세월'과 '들꽃'의 형상을 읽어내기도 한다.

아파도

울 수 없어

시름만 되작이고

불안을
달고 살아
오갈 데 없는 날을

잊는 게
그리 쉬운가?
세월을 중얼대다.
—「세월을 중얼대다」 전문

흙먼지 폴폴 이는 구부러진 오솔길에
바람에 얼굴 씻은 동그란 소녀 같은
이름도
성도 모르는
들꽃이 숨어있다.

화사한 오월 햇살 어지럼 이는 날에
상처를 보듬고서 저 혼자 피는 꽃은
시골길
아낙네 같은

들꽃이 아닐까요.

-「들꽃 이야기」 전문

시조집의 표제작이기도 한 위의 작품에서 시인은 자신이 살아온 세월을 '시름'과 '불안'의 흐름으로 고백한다. 아마도 그것은 "몸이야/ 삭았어도/ 바람에 잎 벼리며"(「소나무」) 살아온 생이었을 것이다. 비록 "누구나/ 상처 하나쯤/ 끌어안고"(「산다는 것」) 산다지만, 시인은 아파도 울 수 없었고 오갈 데도 없었던 날을 잊지 못하고 있다. 이때 오랜 세월을 되새기는 '중얼댐'이라는 행위는 스스로의 삶에 대한 회상일 수도 있고, 내면으로 삭여가는 독백일 수도 있고, 세상 사람들에게 보내는 인고忍苦의 고백일 수도 있을 것이다. 아래 작품에서 시인은 그러한 인고의 시간 너머 가장 아름다운 초상으로 존재하는 '들꽃'의 형상을 빌려 자신을 다독이고 있다. '들꽃'은 흙먼지 이는 오솔길에 "바람에 얼굴 씻은 동그란 소녀 같은" 모습으로 서있다. 아무도 알아주지 않는 모습이지만, 오월 햇살 어지럼이는 날에 "상처를 보듬고서 저 혼자 피는 꽃"으로 시인에게는 그 형상이 남아있다. 그렇게 "시골길/ 아낙네 같은" 들꽃에서 시인은 가장 아름다운 존재론적 원형을 보고 있는 것이다. '아내'와 '들꽃'의 형상은 그 점에서 '세월'을 사이에 두고 닮아있기도 하다.

우리가 잘 알거니와, 서정시는 삶의 경험과 기억의 구성이라는 양식적 특성을 폭넓게 견지한다. 그만큼 서정시는 삶의 다양한 형식을 다루게 되고 우리는 서정시가 수행하는 이러한 경험적 탐색 과정을 통해 삶의 근원과 궁극에 대한 상상을 치러가게 된다. 그리고 서정시가 환기하는 순간에 자신의 경험을 투사하면서 삶의 소롯길을 걸어가게 된다. 그러니까 우리가 서정시를 쓰고 읽는 것은, 그 자체로 우주적 스케일이나 역사의 흐름에 동참하는 일이기도 하겠지만, 자신의 상상력과 경험에 새로운 윤기와 탄력을 부여하는 작업이기도 할 것이다. 물론 그 신생의 감각은 지속성을 가지고 삶을 규율하기보다는, 일상적 삶이 가지는 메마른 순환성에 어떤 충격을 가함으로써 자신을 반성적으로 바라보는 창조적 에너지를 부여하게 마련이다. 이때 그러한 동참과 신생의 순간을 우리가 '깨달음'이라는 말로 표현할 수 있다면, 서정시의 중심 기능 가운데 하나는 바로 그 온전하고도 심미적인 '깨달음'에 있다고 하여 틀릴 것은 없다. 우리는 이현의 시조를 읽음으로써 그동안 인지하지 못했던 원형적인 인간의 존재론을 깨닫게 되고, 그 깨달음이 우리로 하여금 존재론적 궁극에 가닿게 해주는 경험을 치르게 되는 것이다.

5. '시(시조)'에 대한 흔연한 자의식

이헌은 자신이 살아온 오랜 시간에 대한 반성적 성찰을 통해 보편적 삶의 이법을 노래하는 전형적인 서정시인이다. 물론 그의 방법론은 실험 정신이나 전위적 자세와는 거리가 꽤 멀다. 그러나 역설적으로, 지금 우리 시대에 오래고 느리고 가라앉아 있는 것만큼 우리에게 위안을 주는 것이 달리 있기나 할까 하고 우리는 생각해 보게 된다. 그리고 충분히 낯익은 시인의 목소리와 표정이 오히려 우리가 시간의 빠른 속도 때문에 망각하곤 했던 삶의 본령 혹은 궁극적 의미 같은 것을 새삼 일깨워 주는 기능을 한다는 사실에 상도하게 된다. 낯익은 세계에서 자신을 일으켜 세우고 그 토양에 자신의 시적 지남指南을 만들어가고 있는 시인의 일관된 고투가 무척 반가운 것도 바로 그 때문이기도 하다. 그 지점에서 우리는 이헌 시인의 '시(시조)'에 대한 흔연한 자의식과 만나게 된다.

소매 끝 실밥 떼듯 한 해를 털어내고
시린 손 비벼가며 빈 가슴 군불 땐다
무엇을
더 바랄쏜가?

세상일 잊고 산다.

초록의 아우성도 낙엽의 이별시詩도
다 거둔 겨울 산은 안식에 들었는데
까치밥
두엇 매달린
우듬지 볼이 붉다.
—「종장終章」 전문

희붐한
안개 벗고
마음을 가다듬고

떠나야
글이 되는
그런 글 쓰고 싶다

그날이
언제일는지
하루를 또 빚졌다.
—「그런 글」 전문

시인은 때로는 "시 한 줄 품어보려 가슴을 비워두고"(「가을에 들다」) 살아왔으며, 때로는 "세월을/ 조리질해/ 시 한 수 건져내며"(「친구여!」) 살아왔노라고 말한 바 있다. 어쩌면 그것은 "글다운 글 한 줄"(「너무 늦었다」) 건져내려 한 것이었지만 결과적으로 "말로도/ 다 못 하고/ 글 한 줄 못 전하고"(「일몰」) 지내온 것임을 시인은 또한 고백한다. '종장'이라는 가장 중요한 미적 장치를 두고 시인은 "초록의 아우성도 낙엽의 이별시도/ 다 거둔 겨울 산"의 안식으로 비유하면서, 우리의 삶에서도 "소매 끝 실밥 떼듯 한 해를 털어내고" 지나가는 리듬을 느끼고 있다. "까치밥/ 두엇 매달린/ 우듬지 볼"을 붉게 바라보면서 "남겨둔/ 종장 한 구절/ 가슴에 품"(「그해 여름」)은 채 자신의 시조 미학을 완성해 가고 있는 것이다. 나아가 시인은 안개를 벗고 마음을 가다듬은 채 "떠나야/ 글이 되는/ 그런 글"을 쓰려고 하는데, 그야말로 하루하루의 빚을 져가면서 "소소한/ 일상들을/ 시 한 수로 그려내는"(「오후 세시」) 삶을 거듭 다짐하고 있는 것이다.

이처럼 이헌 시인은 '시조'를 자신의 삶을 담는 가장 충실한 미학적 그릇으로 여긴다. 물론 시조라는 단형의 정형 안에 삶의 전체성이나 커다란 스케일이 담기기는 어렵다. 하지만 시조는 삶의 단면이나 정서의 현재형을 전해준다는 측면에서는 섬광과도 같은 빛을 우리에게 허락해 준다. 그리고 기억의 편의를 돕는다는 점에서도 우리는 단형 서정의 백미白眉들을 눈여겨보게 된다. 이헌의 시조는 시인이 탐구하고 묘사하는 대상이 어떤 근원적인 분위기에 감싸여 있다는 것을 선연하게 알려주면서, 그 안에 사물이나 순간이 들려주는 소리를 통해 원초적 통일성을 회복하고 완성하려는 열망을 줄곧 담아감으로써 이러한 시조 미학의 장처長處들을 보여주고 있다. 시인이 귀 기울이며 듣는 것 역시 그러한 순간을 담아내는 어떤 근원적 감각일 터인데, 사물이나 순간 속에서 시원始原의 뿌리를 발견하고 그 흔적을 찾고자 하는 미학적 촉수가 그 안에 강렬하게 자리하고 있는 것이다.

말할 것도 없이 서정시는 시간예술이다. 서정시의 작법이 시간의 흐름에 의해 완성되고 그것을 향수하는 데 시간이 동반된다는 측면에서 시간예술로서의 서정시는 그 속성을 항구적으로 지속해 갈 것이다. 서정시를 생의 순간적 파악에 기초한 언어예술로 정의한다고 해도 사정은 마찬가지다. 우리가 읽은 이헌의 시조는 이러한 시간예술로서의 속성을 확연하게 구비하면서, 오랜 시간을 관통하며 이어지는 시간의 원리를 아름답게 보여준 결실이다. 우리는 그 안에서 시간의 소멸과 이어짐의 흔적이 선명한 개별성을 가진 채 존재하는 것을 바라보게 되고, 동시에 시간의 깊이를 드러내는 서정의 원리를 채굴함으로써 새로운 시간을 축적하고 회복하려는 시인의 모습을 약여하게 만나게 된다. 그렇게 서정을 본령으로 삼는 시조 작품들에 그려진 '회감回感'의 원리가 순간적 통합으로서의 서정시의 본령을 선명하게 구축해 간 것이다.

결국 우리는 자신만의 경험적 세계를 기억하고 고백하는 것을 중심 원리로 다루어온 이헌의 시조 작품들을 통해, 세계와 갈등을 일으키지 않는 동일성의 원리를 중시하면서 그것을 순간성의 원리로 발화해 내는 시인의 일관된 적공積功을 경험하게 된다. 그 점에서 이헌의 이번 시조집은 오랜 서정의 규정적 원리들을 고전적으로 증언하고 있는 상상적 기록이라고 할 수 있을 것이다. 그 기록은 웅숭깊은 언어와 사유를 통해 우리 시조시단을 한동안 밝혀줄 것이다. 오랜 시간 속에서 발견해 가는 존재론적 뿌리의 양상들을 담아낸 이번 작품집의 출간을 축하드리면서, 더욱 아름다운 이헌 시조의 필치가 우리 시조시단에 펼쳐져 가기를 마음 깊이 희원해 마지않는다.